KB135412

고래 하품

고래 하품

초판인쇄 | 2019년 8월 20일
초판발행 | 2019년 8월 30일

지 은 이 | 백미늠
편집주간 | 배재경
펴 낸 이 | 배재도
펴 낸 곳 | 도서출판 작가마을
등   록 | 2002년 8월 29일제 2002-000012호
주   소 | 부산광역시 중구 대청로 141번길 15-1 대륙빌딩 301호
      T. 051)248-4145, 2598 F. 051)248-0723 E. seepoet@hanmail.net

ISBN 979-11-5606-128-1 03810 정가 10,000원

고래 하품

백미늠 시집

도서출판
작가마을

첫 시집이다
등단 후 10년하고도 2년이다
시보다는 생활이나 신앙이 먼저였기에
시보다 밥을 했고
시보다 기도를 했다

여기저기 흘려 놓았는데
참새나 닭이 물고 가지 않았다

바람따라 지구를 열 바퀴쯤 돌다가
간신히 귀환했다

다행일까

2019년 여름
백 미 늠

고래 하품

제2부

나무가 없어도 새들은 찾아옵니다

백미늠
시집

고래 하품

제4부

한낮의 말

제1부

오만한 문장을 깎는 소리

2월의 변주곡

어제는 함박눈이
　　　　　폴
　　　　폴
　　　폴
허공을 채우더니

오늘은 늦겨울비가
　　똑
　　똑
　　똑
안부를 묻네

낮아진 가지 끝에는 따라가지 못한 바람

가랑비

늦은 밤

신발 벗고 거실을 지나
오래오래
걸어오는 남편의 발소리

봄,

가랑비

폭염

콸콸한 성질머리
날름거리는 입 속으로

초록은 발목 삐끗
여래 연못에 주저앉고

풍더덩
옷 입은 채로 뛰어내리는
저녁달

눈부신 연정

뻐꾸기 오라버니 큰일 났어요
문 열고 얼른 나와 저기 좀 보세요
누군가 불을 지르고 달아났어요

앞산 뒷산 마당까지 번져오고 있어요
맘까지 활활 달아올라요

계절을 모르는 뻐꾸기 오라버니
문 열고 나와
물을 뿌려주세요

머리 숙인 시간이 지나가고 있어요
꽃도 불이 되는 계절이 도착했어요
주름진 그대 얼굴에 꽃물이 맘껏 들었어요

사과 깎는 남자

달팽이가 흘려 놓고 가는 적막쯤이야

흔들리지 않는
시선으로

오만한 문장을 깎는 소리

고래 하품

그대는 지금
얼굴이 붉어지네요
눈썹이 젖고
입술이 길어졌어요
오!
고백을 하시려나봐요

당신의 맥박 소리는
고래를 잡은 아이처럼 힘차구요
파도처럼 높아요

넓은 바다로 질주하다가
단숨에 포획하는
순간

당신의 용기는 아름다워요
다시 놓아주는 자비는
숭고해요

나도 멈추어 볼까요
당신이라는
찰라에
길을 잃을 것만 같아요

하품이 나와요

배롱나무 꽃구름

구름 그림자가 절 마당을 쓸고 있는
한낮
누가 떨구고 간 너울일까

그 자리에 있어도
보이지 않아 지나치다가
눈물 나는 날 고개를 돌리면
저만큼 보이는
배롱나무 어깨에 앉은
그 꽃

여름에 피는 꽃은
헛꿈 같은 세월이라고
고통만 기억하는 나에게
까마득한 시대의 화공처럼
한 잎 두 잎 꽃잎을 그리고 있네

한 잎이 피려 할 때
꽃자리를 내어 주는 다른 한 잎

조용히 핏빛으로 말라가면

배롱나무는 맑은 종소리로
저녁하늘에 꽃구름을 띄우네

산, 에필로그

흰 나비 흰 토끼꽃
가시관 쓴 어린 풋감
절로절로 절 안으로 스치는 발소리

천 번쯤 같은 길을 걷다보면
햇살을 떠다가 초록으로
몸 바꿀 수도 있고
이름 없는 풀뿌리들이 산을
지키고 있다는 것
알게 되지

산도 가끔 그리워질 때가 있어
마을로 내려와 보지만
하루를 외박 못하고
바삐 올라가네

낙타

사막 너머를 바라보며
절망을 딛고 걸어가는 뒷모습을 보네

오아시스가 아닌 흰 구름을 따라가는
슬픈 눈빛

야윈 볼은
어둠 속에서도 의지롭고
혼자 견디는 밤은
우물처럼 깊고 차가웠다네

남루한 가방 하나 걸치고
모래사막을 걷는
말없는 수행자

그대에게 허락된 꿈
그 문장을 나도 따라 가고 싶네

길을 가는 나무

아침과 저녁 사이
종종걸음에도
잡히지 않고 따라갈 수 없어
산으로 걸음을 옮기면

산을 지키기 위해
한 생각뿐인 나무를 보네

향기로운 땅의 깃발
뿌리로
한자리에서 길을 가는 나무

바다와 하늘

함께 할 수 없는 길은
오래갈 수 없어서
앞으로만 달려가던 파도는
이내 어깨 힘이 풀린다

아무 것도 보이지 않고
아무 말도 들리지 않는
질주의 흔적은
바다일 뿐이거나
바람일 뿐

욕망의 끝과 시작이
반복되는 바다를
무심하게 내려다보는 하늘

굴절의 흔적

당신은 비에
자꾸만 때리는 비에
흐벅지게 떨어져 눈이 빨개진
타르 위의 꽃대

각각의 기억은 언어가 되지 못하고
한 걸음도 나아갈 수 없는
응결이 되어

휘청거려도 무너지지 않는
맨살 위의 낙화되어

혼자 부르며 가는 노래

빈 들의 쿠마에게

사람 그리워 불타오르던 꽃들
오늘은 흔적도 없다

내 젊음은 어디로 갔나
창공을 향해 쏜 화살은 길이 되어 주었나

사랑으로 굳게 믿게 했던
결핍과 허영의 언어들
해마다 망령처럼 피어나 바람이 되어

꽃피고 지는 까닭처럼
밤을 심판하는 쿠마처럼
가슴에 품은 것 많아서
산처럼 높아진 죄명

백년찻집

가을입니다
그대 많이 그리운 계절입니다
치자꽃보다 예쁜 부영꽃이
일주문을 향해 웃고 있습니다
흐린 오늘
백년찻집이 더 환해지는 까닭입니다

살아온 날이 눈물이었고
살아 갈 일이 한숨뿐인 사람들이
순하게
착하게
웃고 있습니다

가시에 찔린 마음
푸른 멍이 많은 사람일수록
타인을 곱게 바라볼 수 있나 봅니다

누구를 사랑하는 일은
불길이 가슴을 다 태워도 피하고 싶지 않은 일
결국엔
자신을 더 사랑하지 못함에 후회를 하듯
뚝뚝 떨어져 있는 꽃잎에 그늘이 닿아
일어설 줄을 모릅니다

가을이
천주산을 그냥그냥 넘어갑니다

고래 하품

백 미 능 · 시집

제 2 부

나무가 없어도 새들은
찾아 옵니다

어느 봄날

눈물로 피어나던

꽃들의

짧은 한숨,

연두벌레

온 몸으로

봄길을

밀고 간다

모정 금병산

꽃이불 덮고 잠든 금병산 오솔길을
꽃비를 맞으며 걷다보면
옛 추억이 함께 걷는다

아들과 딸이 뛰어놀던 산허리에는
노랑 벌꽃
하늘만큼 땅을 덮고 있다

나무처럼 자라던 아이들
꿈을 찾아
집을 떠나고

목이 길어진 모정은
추억을 매달고
먼 강을 바라본다

산 너머 남촌에는

가만가만 비님 오시네
그대 음성처럼 내 마음 흔드는 아침이네
겹 초록의 걸음이 얄밉도록 느릿해지네

한 장 한 장 책장을 넘기다가
책갈피 사이에 꽂혀 있는
풀 한 포기를 보네

무더기로 떨어져 있는 태양의 검불
나는 이제 겨우 산 하나를 넘었는네

선운사에 가면

시집을 덮고
낮잠 드신 미당 선생님

아름다운 것은
모두 슬프다고

백자 항아리 닮은 이마가
그늘졌군요

초록 보리 익는 내음에
깍지손이 풀리면

제일 미운 꽃 국화는
말이 없네요

다육이

이사한 새집처럼
새로 장만한 옷처럼
네가 자랑자랑 할 때마다
눈물 닮은 것은 다 이쁘지
우리가 지나온 시간처럼

돌부리에 걸려
넘어지던 바람도
햇빛을 감고 일어나듯

제가 가야할 길을
알고 가는
다육이

그리운 봄날

할 말 있다
할 말 있다

이 사랑 떠나고 나면
나 무엇 의지하고 살까

아찔한 삶
그리움 한 짐 지고
떠밀려 살아질까

어리석게나 따뜻했던
지난날
머뭇거리던 시간들
훅
불면 지워질까

오장환 시인에게

하늘에게 받은 첫 마음을
지키며 살다 간
볼이 통통했던 아이야

악의에 찬 시대에
홀로 버티다가
피를 쏟아버린 서른

청산이 붉어진 이유를 오늘 나는 알았네

도요 들판

추수를 마치고 허리를 펴는
도요
그대 말줄임표 위로
물새 한 마리 걷고 있네

가만히 다가가면
쿵쿵쿵
힘껏 날아오르는 물새
저녁노을에 그대 눈
뜨겁네

이제 그만 너를 잊을까

너는 마르멜로 나무에 핀 흰 꽃송이
호사스러운 기쁨의 열매
어디든지 함께 가자 했지
언제든지 데려가 주마 했었지

젊음의 분노가 창으로 변해
돌기둥을 깨고 달아나 버릴 때에도
애써 찾지는 않았지
기다리지 않아도 돌아올 날 있으니

말없는 기다림이 어둠으로 부풀어 오르고
바늘 같은 모진 이름
부끄러움이 되면
이제 그만 너를 잊어도 될까
나도 이제 떠나야 해

가을

땀방울에 젖어 졸고 있는 한 낮

찌르릉 두발 자전거에서 툭 떨어진 가을

투명한 햇살이 건반 위를 달리고
빗과 가위를 들고 찾아온 헤어디자이너 바람에
숲이 즐거운 비명을 지른다
울긋불긋 파마머리 팔랑팔랑 춤을 춘다

풀벌레들의 합창대회를 위해
하늘은 꽃구름 전단지를 뿌린다

가을이 되는 시간

그래요 이제
맑은 귀 가을이 왔나 봐요
푸른 깃발 여름도
지난날 되었어요

어제가 오늘이 되는 시간
발목을 적시는 빗소리

쓸쓸함을 아시나요
저녁 어스름 같은

그냥 두세요
말할 수 없는 옛 기억

내 이름은 루다

내 이름은 루다
11살 우즈베기스탄에서 왔어요
기후도 기분도 엉망입니다

한국말은 시끄럽고
자동차들은 목적지도 없이 달리고
온갖 간판들로 시력마저 나빠졌어요

사람들의 가짜 웃음 가짜 친절은
무관심보다 참기 힘들군요

엄마 아빠의 코리안 드림이 나에게는
감옥이 되었어요

나는 한국말을 배우지 않을 거예요
추운 겨울밤이지만
모국어로 호흡할래요

마늘을 까며

창대하게 부푼
꿈이
한 번에 콱 뽑혀
어둡고 비틀어진 뒤란에
매달려 남의 生이 될 줄이야
희고 고운 속살로
웃기만 하는 베트남 어린 신부

하노이

지금 당신은 무엇으로 힘들어 하나요
가여운 사랑을 다시 시작했군요

당신에게 사랑은
늘 가엽고 아픈 것

푸른 날개를 가졌으나
한 번도 날아보지 않은 까닭에
한 발로 서서
서쪽 하늘을 바라볼 뿐이죠

당신의 우울로
먼 나라 이곳 노이바이 하늘도
흐려집니다

제3부

창공을 차고 올라볼까

나르키소스에게

에코와 님프들에게
냉혹했던 나르키소스는
결국
자신을 사랑하는 벌을 받아
영혼마저
파괴되고 말았죠

문을 열고 나와 보세요
나무는 없어도
새들 소리가 가득한
아침이 그대를 기다리고 있습니다

그대의 피로함에 필요한 것은
침대 위의 잠이나 뜨거운 커피가 아닙니다

저들이 모여 있는 곳으로 들어가
저들이 하는 말에 고개 끄덕이며
박수를 쳐주는 것입니다

나무가 없어도 새들은 찾아옵니다

라일락

외롭고 낯설던 여고시절
나에게 다가와 방긋 웃어주던
키가 껑충한 소녀

책을 좋아하고
꽃을 좋아하고
사색하기 좋아했던 친구

중년이 되어
꽃나무 아래 서 있네

자기 집 담장에 피는
꽃이 자기 닮은 줄도 모르고
웃고만 있네

키 큰 꽃나무 한 그루
빈 골목을
오래오래 바라보며 서 있네

뜨락

깊어 가는 봄, 밤
낙화 소리에
귀 밝은 옆집 개 컹컹거린다

팔베개에만 잠드는 아들
엄마 언제 오나
몇 번이나 물어 와도

꽃 떨어지는 소리 더 듣고 갈게

잊기로 한 것들
잊혀지는 시간
봄밤

기차역 공원

여보
우리 기차공원에 그네 타러 갈까
연애시절에도
타보지 못한 그네
지금이라도 같이 타보고 싶네

창공을 차고 올라 볼까
하지 못한 말들은 무지개가 되고
말하지 않아도 꽃이 필 것 같아

떠났던 기차가 돌아와
그리운 얼굴들을 내려주면
노을에 물드는
저녁하늘

손을 흔들며 걸어오는 추억에게
그네를 내어주고
우리는 다시 집으로 오자

옛날을 만나다

어디선가 스쳤던 눈빛
아득해지는 기억에
뒤돌아 본
마주침

어머
너였구나
그래, 잘 있었니

눈에 맺힌 이슬 그대로인데
이만큼 세월이 흘렀구나

안녕
잘 살아
안녕, 또 보자

멀어지는 발길 소리 없이
따라가는 물음
길에서 만난
먼 옛날

딸

여름날 아침
채송화 같은 입으로
나팔꽃 같은 얼굴로
조약돌 같은 손으로

크지 말고 철들지 말고
이대로만 있어 줄래

엄마 밖에 모르던 7살
내일 모레면 시집가겠네

달래반 김태순

아들집이라 그런지 잠이 잘 오네유
며느리가 해주는 밥
입에 맞네유

충청도 서산 탑곡 마을은
산 좋고 물 좋고 사람도 좋다지만
영감님 호통 소리는 유난도 하여라

고추농사 달래농사 온갖 밭농사에
허리 굽어지고 늘어난 병명

이제야 집을 떠나보네
비 내리는 차창에
흐려지는 기억들

고추밭에서

어머니
올해는 고추나무를 100포기나 심으셨군요
작년 봄에는
수술날짜 잡으시고 70포기만 심으셨지요

어머니가 병실에 누워
시간을 견디실 때
나는 아침마다 고추밭에 가서
물을 주었습니다
돌을 골라 울타리를 만들었습니다

삐뚤빼뚤 대나무 꼬쟁이에
매달려
기울어지고 넘어져도
고추나무에는 이파리가 돋아나고
하얀 꽃이 피고
아기 손가락만한 고추가 달렸습니다

어머니

지금 애기 고추는 먹고 자고 먹고 자고

아무 생각이 없는데

12월 김장 날까지

어머니의 식탁 강의에

저는 벌써부터 진땀이 납니다

성냥꽃

미늠씨 마지막 성냥공장이 문 닫았다는데
곽성냥 몇 통 구할 수 있나요
제천에 사는 시인에게서 카톡 문자가 왔다

세월 따라
시대 따라
쓸모없어진 성냥이지만
곱디고운 나이가 구순이 되기까지
60년 공장을 지켜온 조창순 할머니

가족을 위해
청춘의 꿈을 위해
공장으로 몰려든 베이비붐 세대의 언니들

야간 학교도 가고
동생들 공부 시키고
쌀도 사고
라디오를 샀던 언니들의 언니

밤낮으로 공장에는 불이 환했다 한다
달빛으로 송이 눈으로
골목까지 환했다 한다

확!
확!
확!

칠 벗겨진 공장문은 깃발 되어
펄럭이고 이젠
눈물 맺힌 성냥꽃은 더 이상
불꽃을 피우질 않네

요 며칠
바람도 찾아오지 않네

함박동백

밤은 깊은 침묵
막막한 그늘

날카로운 덫으로 속수무책일 때
그늘을 쫓느라 바쁜 새들로
아침이 시작된다

그림자로 피는 꽃나무 있어
사랑하던 사람들
떠나갈 때마다
더 큰 웃음으로 그늘이 되는
함박동백

울음을 삼키며
밤의 고통을 감추며
가장 먼저
아침 인사를 보내는
친구야

봄밤, 추억하다

86학번 옛 친구들이
뭉게구름을 피우는 카톡방에

빛바랜 여중생 교복사진이 나타났다
찢어진 눈
실룩거리는 입술

신선해진 호흡들이
파도의 언어로 달리기 시작했다

성형논란 성격분석
학교제도 비난에 교육학까지 동원되다가
비운의 가족사로 흘러갔다

흑백으로 바뀌는 시간 위로
무지개 뜨는 밤

7월

지금은 한여름
바늘 같은 땀이 쏟을 7월

큰 수술하고 오신 어머니
햇볕만 찾으시네
겨울옷을 꺼내 입으시네

여름에는
꽃들도
제 그림자 속으로 숨는데

아직도 나는

아직도 나는
엄마의 젖무덤에서
노오란 민들레 꿈만
꾸고 싶은지 몰라

푸른 숲에서 투명한 알을
품고 있는 산비둘기로
살고 싶은지 몰라

은빛 사막에 누워
허무보다 빛나는 별의 生을
세다가 신기루가 되고
달빛이 되고 싶은지도 몰라

오늘 아침 햇살에 팔랑이는
나무 사이를 걸으며
무뎌진 가슴 위로
4월의 가랑눈을 본다

동심은 없어

지금 하늘에서 동아줄이 내려온다면
호랑이가 냉큼 그 줄을 잡을까
밧줄 전문가, 기술자 모두 불러 확인하겠지

효녀 심청이처럼
나도 아버지 위해 인당수에 몸 던졌을까

용궁 가고 왕비 되는 줄 알았다면
동해 서해 남해
풍당 소리에 잠 못 잘거야

청실홍실 꽃가마 대신
번쩍번쩍 세단 리무진 외제차
우물가의 풍경 사라지듯
퇴화된 기억들
동심은 찾을 수 없어

진영, 금산사

금병산 배꼽 쯤에 앉은 부처님
당단풍 나무에 붉은 꽃이 피었습니다
잎만큼 꽃도 그만큼
바람 없어도 피자마자 떨어지는 꽃

중생이 성불 못하는 것은
삼라만상 번뇌 때문이며
미워하는 마음 때문이라며
법문 아니 듣고도 깨달은 절문 밖 감나무는
해마다 키를 더 낮추며 수평의 길을 가고 있습니다

맑아져라
맑아져라
하늘에서 땅이 보이듯
땅에서도 하늘이 보입니다

진영로 109번 길

 — 박순덕 할머니

어디 갔다 오요
교회 다녀옵니다

어디 갔다 오요
시어머니 집에요

어디 갔다 오요
산에요

키 낮은 슬라브집
골목에 나와 앉아

오가는 사람 구경으로
하루해를 떨구던

할머니 어디 가셨나
텅 빈 골목

김장

아껴서 먹어야지 그냥 김치가 아니야

동지에서 대설 지나 늦봄까지 견뎌야 해

김치 또한 가문이 있지

종갓집 체면이야

철새들을 보며

새벽노을 번지는 수국빛 하늘가에
던져진 그물처럼 팔 벌린 철새들이
허공에 줄금이 있는 듯
정교히 날아간다

아침에야 퇴근하는 남편의 모자 위로
밤새 날아 도착한 햇살이 팔랑거릴 때
다급히 방향을 바꾸는
꽁무니새 몇 마리

어긋난 활자들은 깃털로 떨어지고
상처를 보듬으며 함께 오는 구령 소리
별 같은 발자욱들이
푸른 길을 낸다

제4부

한낮의 말

밥 먹는 일

나 이제 밥 먹을 때 거룩해 지려네
하루를 살기 위해
허기를 채우기 위해
의식과 탐욕의 너머에 있는
밥 먹는 시간은
나를 드리는 경건한 제사

태초에 말씀보다 먼저 있었던 땅
땅으로부터
생명을 이어주는 밥이 되어
내 몸속으로 들어오는
순간마다
절대적인 사랑을 배우네
그 사랑에 감격하네

꽃신

그대 지금 뭐 하시나요
나는 지금 불후의 명곡*에서
가수 박인희를 만나고 있답니다
보고 싶었던 사람이었는데
미국에서 살고 있었다네요

경주가자
진해가자
대저 유채밭 가자
꽃구경 가자는 토요일 아침 카톡소리

교회 주방으로 가 고무통에 고무신 가득 넣어
비누거품으로 씻었어요
담벼락에 줄 세워 놓고 보니
꽃처럼 피어났어요
꽃냄새도 좋아요
박인희의 얼굴*을 부르던 나의 소녀가
봄볕 따라 흘러가요

*불후의 명곡: TV 가요프로그램
*얼굴: 박인희의 노래

돌

던지는 게 아니라
버리는 거라네
버려서 모인 돌은
사랑의 집이 되고
낮은 돌담이 되어
발이 부은 나그네들
쉬어갈 수 있다네

해와 달

하나님!
당신의 윙크는 대단해요
낮에는 빨간 해로
밤에는 푸른 달로
우리를 늘 사랑하는 것 알겠어요

능소화

세월 지나
한번은 묻고 싶은 말이 있어
그 골목을 찾아갑니다
누군가의 절망 위로
피고 싶었던 것은 아니었다고
말하지 못하여 안타까운 꽃
속내를 감춘 꽃송이
백치처럼 웃으며 떨어지고
나는
여전히 삶을 모르고
그리움도 모른 채
한낮의 말만 믿으며 살겠습니다

사랑의 도시락

꽃 없이 초록만 무성한
신도시를 가로질러
독거노인 찾아가는 꼬부랑
허리길마다 접시꽃, 도라지꽃
울타리 밑에 앉은 봉선화
닭장 같은 콘테이너에 폭염이
밤낮으로 물어뜯어도 문 열면
풀벌레들의 연주
꽃들의 잔치
검버섯에 주름이 세월만큼 번져가도
어린 소년이 전해주는 꽃그림 도시락에
열여섯 순이가 되어 활짝 피어난다
열대야 폭염주의보 활자 위로
소낙비 뿌리고 간다

사마리아 여인

씻은 지 오래된 마음 한 자락
부여잡고
붉은 피를 닦고 있는
한 여자가 있다
마음은 옥양목 같아도
마르지 않는
눈물

가시덤불 넘어서면
향기로울 수 있을까
부어지면 흘러버리는 말씀
열 손가락
셈법을 아직도 몰라서
외길을 걸으며 돌을 나르고 있다

샤론의 꽃

신앙은
나를 낮추고
부족함을 족함으로 여기며
두려움 대신
부끄러움을 알게 한다

새들의 지저귐을 예언으로 들으며
찻길 옆 꽃들에게 하나님을 보며
넘어져 좌절에 휘감겨도
한 걸음을 위해 다시 일어선다

저녁, 천태 호수

마지막 만찬을 끝내고

흰 손수건으로 입가를 닦으시는

예수님

샬롬

7월의
창 모서리
빛나는 아침

초록빛 그대 사랑
기지개를 켭니다

마음껏 대지를 호흡하며
들판을 달립니다

시온의 딸

하루치 양식을 위해
노동을 마치고
집으로 걸어가는 골목길에

범사에 감사하라는
말씀이 저녁별로 뜨는데

콘크리트 틈새 먼지를 덮어 쓴 민들레 마냥
내 사랑은
가난하고 외로운 것

가난하거나 부유하거니
낮아지거나 높아지거나
어둠이 빛이 되어 일어날 때까지
혼자 부르며 가는 나의 노래

11월

모비딕 백경의 이마쉬엘처럼
흰 파도의 바다로 달려가는 고독과
순금빛 바람이 숲으로 파고드는
11월

하루의 절반이 지나갈 즈음
밑줄 그어둔 문장을 펼쳐 본다

나도 모르는 그리움이 있어
고역의 시간을 보내었구나

글 한 줄 의지하며 무던히도 참았구나
나뭇잎이 떨어지는 이유도
사랑인 것을

12월의 밤

그대여
내가 비록
아침과 저녁의 마음이 다르고
어제의 말과 오늘의 말이 다를지라도
그대
사랑함에 있어 늘 순결했어요

가만히 바라봐 주고
책망 대신 침묵하시어 마음을 잡아주고
방향 없는 걸음도 멈추게 하셨어요

비교할 수 없는 사랑
변함없는 사랑

당신에게 사랑을 배웁니다

내가 본 모든 것

머물지 못하는 마음
떠나고 떠나던 시간이었어
돌아보면
적막

사라지지 않는 언어와
떠나보낸 언어들은 벽이 되고
진실했노라 믿었던 순간들은
허위였다

비워야 채울 수 있고
낮아져야 높아질 수 있다는 말씀에
익숙해지는 절망

내가 본 모든 것
약하고 작은 것이 많아
하늘은 낮아지고

내가 본 모든 것
읽어내지 못한 눈물로
하늘을 이고 있는 까닭이다

평범, 그래서 행복하다

그대 사는 일이 어렵거든 바다로 가보시게
밀물로 떠났다가 썰물로 다시 돌아와
물거품이 되어 모래를 씻으며 살다보면
햇살에 반짝이는 사금파리 노래도 듣게 되지

그대 그래도 살기 어렵다면 산을 올라 가보시게
발이 없어 뿌리 깊어지고
입이 없어 천개의 귀를 얻은
나무들의 단단한 나이테를 마주할 수 있지

우리가 겁장이로 변한 것은
참으로 다행한 일이지

누구나 한때는 눈부신 시간을 살지만
잎 지는 쓸쓸한 저녁을 맞게 되는 것

가끔은 귀 넓은 바다에서 소리 없이 비를 맞고
뿌리 깊은 산에서 온몸이 출렁거려도

무릎 꿇을 수 있는 사람이라면
울 수 있는 사람이라면
그대와 나의 어깨에는 날개가 돋고 있는 거야

고래 하품

백 미 늠 · 시집

제5부

곡강, 시가 피어나는

곡강
– 첫 기억으로

산 아래 초가지붕
잎 진 11월
호롱불 앞
바느질 하는 저고리 엄마

대나무살 창호지 문 밖에는
달빛이 쌓이는 마당
달빛을 쓸고 가는 바람

자다가
깨다가 다시 잠들면
강가에
늙은 당산나무

곡강

− 시가 피어나는

내 고향은 강마을 곡강
가난을 이긴 아버지 어깨 근육을
닮은 밤산 아래로
어머니 체념 같은
강이 돌아 흐르는 곳

밤마다 날개가 돋아
강 위를 날으다가
오줌을 지린 아침
할머니 부지깽이를 피해
물안개 자욱한
강가에 서면

강은
글 모르는 나에게
시를 먼저 배워주었네

곡강

– 비 오는 날

수요일 3교시 사회시간
교실 창문 밖
운동장으로 걸어오는 수국꽃들

성희엄마 구야엄마 순점이엄마

우리 엄마는
비를 맞으며 고구마를 심나봐
젖먹이 동생 재워 놓고
불을 때나봐

강둑을 걸어 집으로 가는 길
숙여진 머리에
피어나는 물꽃

곡강
−딸 다섯

밀양 초동 곡강마을 딸 부잣집
존경하는 사람 쓰기
질문종이 받을 때 마다
'우리 집 큰언니'
자신 있게 썼던
잔다르크 나이팅게일 설리반 선생님 마가렛 대처
보다 더 훌륭한 8남매 맏이 우리 큰언니

아들러의 성격분석 이론에
둘째의 특성답게 결핍과 욕구사이
공부욕심 대단했던
둘째 언니

곡강마을에 대표 얼짱
셋째 언니

터를 잘 팔아
10년 만에 장손아들 얻어

이뿐이라 불리며 목소리도 덩치도 컸던
여동생

위로 셋 아래로 넷
끼여 치여
돌출행동 해봤자
무관심에 구박덩어리
나는 넷째 딸

어느덧
딸 다섯 모두 50대가 되어
반복되는 레파토리에
웃고 슬퍼져도

지금이 마냥 좋다는
팔순 너머 우리 엄마

곡강
−돼지 집 나간 날

풀꽃 꺾어
사금파리로 방가살이 하다가
집으로 돌아온 저녁

"돼지 없어진 줄 모르고
오데 갔더노!
당장 나가서 찾아 온나
못 찾으면 집에 들어올 생각 마라"

쪼그라든 가슴으로 허겁지겁
이 골목 저 골목
뛰어 다녔지만
새끼 밴 뚱뚱이 돼지는
어디에도 없었네

알전구 아래
숭늉을 마시던 아부지
"뭐 하다 이제 왔노

돼지는 아까 들어왔다
어서 밥 무라"

헛간 죽통에
코를 박고 퍽퍽
죽을 먹고 있는 고놈
내 마음 알기나 했을까
마당에 하얀 달빛이 쌓이는 밤

곡강
– 셋째 언니

셋째 딸이면 보지도 않고 서로
데려간다고
조동댁 셋째 딸 우리 언니는 참말로 예뻤지
대문 밖으로 나오면 동네가 환했지

언니는
옷 투정도 많아서
장날만 되면 옷 사달라
신발 사달라 떼를 썼지
강아지 팔아서 옷 사올게
정구지 팔아서 신발 사올게
엄마는 셋째 언니 달래놓고 장터로 갔지

겨울이면 손이 틀까 잘 때도 털장갑을 끼고
혼자만 따뜻한 물에 세수를 하고
비 오면 말짱한 우산만 골라 학교 가버리면
나는 모과처럼 점점 울퉁불퉁 해졌지

곡강

– 고향 간다

산 구비 돌아 흐르던 강마을
친구 없어도
심심하지 않았지

산과 들 하늘도
모두 아버지의 모습인데

뙤약볕 흙냄새
어스름 내리는 마을
입구엔 낯선 남자

반겨 줄 사람은 없어도
물빛 금빛의 강마을
하루의 절벽을
굽이돌아서
고향 간다

곡강
– 땀나무에 관한 추억

고향집 강둑 아래 땀나무가 살았다
비탈진 돌무지에 흰 뿌리를 드러내고
언제나 웃는 얼굴로 팔을 벌려 반겼다

말똥구리 아이들 무더기로 덤벼들어
뜀을 뛰고 까불며 가지를 분질러도
가만히 실눈을 뜨고 땀만 뻘뻘 흘렸다

얼간이 땀나무야 왜 말 한마디 없니
엎어질까 무서워 오줌을 지리는 거지
어깨로 물결을 그리며 먼 강물만 바라보았다

시침과 분침 위에 저울질 하며 사는 동안
고향마을 꿈속에는 땀나무가 서 있었다
반 평의 행복이 무언지 온몸으로 전해 주었다

강을 보며

나무가 모여 산을 이룹니다
산은 바다로 강의 길을 틔웁니다

강은 계곡을 빠져나와 바다가 되고
바다는 새로운 세상을 창조합니다

발자국이 만나 길이 됩니다
눈빛이 만나 사랑이 됩니다
사랑하는 마음들이 세상을 밝힙니다

이것은
하나님의 계획입니다

첫 비

혈관을 찾기 위해 손끝으로 톡톡 치면
파랗게 일어서는 어머니의 들길이 보인다
모종파를 짊어지고 강둑을 돌아오시는
아버지의 듬직한 어깨도 보인다

볼일 다 봤으니 이제 가야 된다며
하룻밤 쉬어가시라 해도 한사코
손사래를 치시는 여든하고도
다섯의 어머니

아직껏 살아 있는 게 죄가 되는 양
창창하던 화초들 시들한 걸 보시고는
병원에 가는 것도 민망하다 하셨다

팔뚝에 피어나는 실핏줄만큼
살아온 길 갈라지고 끊어지고
좁은 튜브 안으로 꾸역꾸역 쌓이는
검은 피를 본다

살 속에 파묻힌 길이 종일 두드려 맞아
돌덩이라도 이고 나올 듯
어머니의 혈맥 같은 첫 비가 내린다

화포천* 로망

간 큰 며느리 눈 밖에 난지 오래
뙤약볕, 엉겅퀴, 가시풀, 독벌레
불만의 시간들이 체념을 넘어
자유의 깃을 달게 될 줄이야
돌아보지마
길 아닌 길 들어 서도
나는 돌아가지 않을 테야
이 흔한 감상이 당신을 두렵게 하였나요
먼 먼 산이 걸어와서 휘어진 강에게 하는 말
알 수 없어 보이지 않던
지금 이 길이 찾던 길이라고
누구에게나 꼭 한번은 무도회가 된다고

* 김해시 한림면에 위한 생태하천

산다, 살아간다

물버들 질긴 뿌리 물속에 깊이 두고
모래 섶 한 발, 한 발
물결에 쓰러져도

갈대는
바람을 타며
제 삶을 이어간다

어떤 날은
적막으로 가슴을 비벼대고
어떤 날은
햇빛에도 찢기는 숨결이지만

갈대는
안개 속에서
한 번쯤 물이 된다

무지개와 꽃의 언저리의 언어들

− 백미늠으로 한 달 살아보기

송 진

(시인, 계간 '사이펀' 책임 편집인)

　나에게 주어진 그의 시들을 읽으며 필자가 백미늠 시인으로 살아보는 게 중요하다는 생각이 들었다. 그런데 무슨 재주로 '백미늠'이 되어보겠는가 만은 그래도 그런 숭고함으로 그의 시를 받들고 대하여야 한다는 마음이 간절하여 그의 시들과 한 달 동안 함께 길을 걸었고 함께 밥을 먹었고 함께 같은 방에서 잠을 잤다.

　　뻐꾸기 오라버니 큰일 났어요
　　문 열고 얼른 나와 저기 좀 보세요
　　누군가 불을 지르고 달아났어요

　　앞산 뒷산 마당까지 번져오고 있어요
　　맘까지 활활 달아올라요

계절을 모르는 뻐꾸기 오라버니
문 열고 나와
물을 뿌려주세요

머리 숙인 시간이 지나가고 있어요
꽃도 불이 되는 계절이 도착 했어요
주름진 그대 얼굴에 꽃물이 맘껏 들었어요

– 「눈부신 연정」 전문

그의 시에서는 자주 "활활 달아올라" 같은 마음의 신대륙이 어른거린다. 그런데 그 길은 혼자 가는 길이 아니다. 늘 누군가와 함께 "문 열고 나와" 동행하거나 "물을 뿌려주세요"처럼 동행하고자 한다. 새로운 세계이든 익숙한 세계이든 그 길을 갈 때 그는 슬프고 외로운 당나귀의 커다란 눈망울을 신비롭게 간직하고 있으면서도 그 외로움을 내비치지 않고 의연하게 누군가를 항상 챙기고 겸손하게 섬기려고 한다. 그가 이렇게 사람을, 사물을, 자연을, 보이지 않는 하품의 연기 같은 것까지 챙기고 섬기는 것은 시집 곳곳에 나타난다.

그대는 지금
얼굴이 붉어지네요
눈썹이 젖고
입술이 길어셨어요
오!
고백을 하시려나봐요

당신의 맥박 소리는
고래를 잡은 아이처럼 힘차구요
파도처럼 높아요

—「고래 하품」 부분

'고래 하품'이라는, 제목이 재미있는 시를 읽고 있으면 상상
력이 풍부해지고 쾌활한 마음이 저절로 생겨난다. 시집 곳곳에
그의 역동적인 흔적이 넘쳐난다. 여전히 그는 혼자이지만 혼자
가 아니다. 스스로 둘, 셋, 넷, 다섯, 여섯, 일곱…… 수없는 사
람들의 살아가는 도리道理를 스스로 짊어지고 사람들에게 "당신
의 맥박 소리는 고래를 잡는 아이처럼 힘차"다고 자연의 힘을
실어준다. 맥박소리까지 감지하는 우주의 예지력으로 위의 시
는 노래하고 있다.

창공을 차고 올라 볼까
하지 못한 말들은 무지개가 되고
말하지 않아도 꽃이 필 것 같아

—「기차역 공원」 부분

그러나 현실은 그렇게 녹록치 않다. 그의 감수성은 "창공을
차고 올라 볼까"를 꿈꾸고 있으나 제대로 말 할 수 없고 오래
간직한 말들은 내면의 세계를 돌고 돌아 결국 입 밖으로 나오
지 못하고 가닿기 힘든 "무지개"되거나 필 것 같은 "꽃"이 되고
만다.

세월 지나
한번은 묻고 싶은 말이 있어
그 골목을 찾아갑니다.
누군가의 절망 위로
피고 싶었던 것은 아니었다고
말하지 못하여 안타까운 꽃
속내를 감춘 꽃송이
백치처럼 웃으며 떨어지고
나는
여전히 삶을 모르고
그리움도 모른 채
한낮의 말만 믿으며 살겠습니다.

–「능소화」 전문

   7월 22일 중복인 지금에도 버스를 타고 어딘가를 지나가다 보면 낯선 집 담벼락에 피어있는 능소화를 만날 수 있다. 백미늠 시인은 능소화를 "속내를 감춘 꽃송이"이라고 노래한다. 그리고 "나는 (중략) 한낮의 말만 믿으며 살겠습니다."라고 고백하기에 이른다. 시인의 내면에 수많은 타자들이 살고 있다고 생각해보자. 그리고 그 타자들이 어떤 풍경이나 생生의 현장들을 지나칠 때마다 그 곳에서 풍기는 오감의 기억을 따라 아주 오래된 기억의 흔적을 카드처럼 한 장 한 장 꺼내든다고 생각해보자. 그리고 시인은 그 카드 속에 무의식의 웅얼거림의 문자를 적는다고 생각해보자. 그리고 그 문자는 적자마자 소멸된다고 상상해보자. 그것이 꽃의 낙화라고 상상해보자. 영원히 피는 꽃은 조화나 가능할 일이어서 생화는 한 번 피면 한번 지게 되어있다. 영원한 생명은 정신적으로 가능할지 몰라도 식물이든 동물이든 그 몸은 언젠가는 한 번은 흙으로 돌아가야 한다. 그럴 때 그 죽음이라는 것이 늘 우리의 정수리 위 언저리에 기웃거리고 있을 때 "삶도 모르고" "그리움도 모른 채" "한 낮의 말만 믿으며 살겠습니다."라고 노래하는 타자는 수많은 타자 중 하나일지 모르나 그 수많은 타자는 결국 또다시 오랜 시간 동안 피고 진 수많은 능소화 중 단 하나의 '능소화'인 그가 될 수밖에 없을지도 모른다.

> 콸콸한 성질머리
> 날름거리는 입속으로
>
> 초록은 발목 삐끗
> 여래 연못에 주저앉고
>
> 풍더덩
> 옷 입은 채로 뛰어내리는
> 저녁달

> ─「폭염」 전문

　무척 재미있게 읽은 시이다. 더위에 젖은 등이 시원해진다. 그는 있는 그대로 드러내고 노래하지만 넘치지도 부족하지도 않는 시의 백미를 보여준다. 꾸미지 않은 시가 가장 좋은 시이듯이 그는 꾸미지 않은 차 사발 같은 아름다움으로 우리에게 말을 건다. 백자처럼 매끈한 아름다움보다는 약간은 투박하고 진

취적인 차 사발 같은 아름다움을 느꼈다면 지나친 찬사일까. 만약 지나친 찬사라면 나는 그의 시를 존중하고 받들어야 한다는 사명감에서 벗어나지 못한 것일까. 내가 시를 쓰는 사람이기도 하니 나는 누구보다 시 쓰는 사람의 뼈아픈 고통을 이해하고 있고 사실 좀 더 시간적, 체력적으로 여건이 된다면 그가 온 몸으로 시를 끌고 갈 수 있도록 더 찬사를 보내고 싶다. 이 살기 힘든 시대에 경제적으로 도움이 되기 힘든 시를 쓴다는 것이 어디 말처럼 쉬운 일인가. 그러니 좋은 시가 어디 있고 어중간한 시가 어디 있고 나쁜 시가 어디 있단 말인가. 시인은 격려해야 한다. 서로를, 시詩라는 이름만으로도 충분히 가치 있고 귀하고 아름다운 시를 이 세상에 단 하나 밖에 없는 모국어로 쓰는 우리 스스로를, 그리고 서로 서로 소통하며 다 같이 그러면서도 각각, 저 낙동강에 "풍더덩" "옷 입은 채로" "뛰어내리는" "저녁 달"이 되어야 하지 않겠는가.

(중략)
자꾸만 때리는 비에
(중략)
눈이 빨개진
타르 위의 꽃대

각각의 기억은 언어가 되지 못하고
한 걸음도 나아갈 수 없는
응결이 되어

휘청거려도 무너지지 않는
맨살 위의 낙화되어

– 「굴절의 흔적」 부분

　백미늠 시인은 견딤을 노래한다. 이 세상을 "휘청거려도 무너지지 않는" "맨살 위의 낙화되어" 굴절의 흔적을 견뎌보려 한다. 시인은 우주의 언어의 비밀을 엿본 벌로 커다란 슬픈 귀와 퀭한 눈동자와 뼈다귀 앙상한 늦가을 나뭇잎 빛깔의 다리를 가진 당나귀일지도 모른다. 그저 듣고 보고 한없이 걸어야 한다. 그리고 시인은 시인이 알 수 없는 무의식의 언어로 언어의 기력이 다하도록 쓰고 또 쓸 수밖에 없으리라. 그리고 그 언어가 언젠가 또 다른 새로운 언어를 불러내리라. 그 때를 기대하며 그의 건필을 빈다.